AF295036

Jesper und Annika

auf Abenteuerreise – in London

Jan Eric Arvastson

ISBN: 978-91-8027-941-3

Autor: Jan Eric Arvastson

Webseite: www.arvastext.se

Buchumslag: Christer Wallgren WMC)

Illustriert von: Selena Jeseničnic (teckningar i inlaga och på omslag.

Bildern von Pixabay, bearbetade av Christer Wallgren/WMC

Produktion: Christer Wallgren WMC

Verlag: BoD – Books on Demand, Stockholm, Sverige

Herstellung: BoD – Books on Demand, Norderstedt, Tyskland

Herausgegeben von ArvasText

V1.02 - 2022-11-15

London

Hallo Jungs und Mädels! Ich, Jesper, erzähle euch hier, wie unsere unglaublich aktive Touristenfamilie Mama, Papa, Annika und ich – Englands Hauptstadt London erkundet hat. In dieser Zeit ist wirklich eine Menge bei uns passiert!

Jesper

Wir haben zum Beispiel diesen endlosen Spaziergang über den oberen Teil der London Bridge gemacht (allerdings ohne Mama), der imposanten alten aufklappbaren Brücke. Bevor er sie betrat, sagte mein Vater:

„One more river to cross...!"

Das war ein Zitat, das er aus irgendwelchen englischen Songklassikern oder so hatte. Und Worte, die er für diesen Anlass für sehr passend hielt. Typisch Papa.

Annika

Papa hat uns auch eine Familienkarte für das Britische Museum besorgt.

Papa Bosse

„Ich kann mir nichts Langweiligeres vorstellen, Mama'', sagte Annika und verzog die Nase (eine Mischung aus Adler und Kartoffel).

„Ich habe in meinen Reiseführern gelesen'', antwortete Mama, „dass es ein sehr spannender Ort der Geschichte ist!''

Mama Bitte

Mama hatte recht. In den riesigen Hallen des Museums gibt es alle möglichen historischen und kulturellen Dinge zu sehen. Alle Arten! Und Millionen! Nicht nur aus London und England, sondern auch aus den britischen Kolonien rund um dieWelt. Es gibt eine Menge kleinerer und größerer Länder und Gebiete, die England früher beherrschte. Vor mehr als 300 Jahren und fast bis heute.

England und London

Die einfachste Erklärung ist, dass England ein Land ist, das auf einer großen Insel vor der Westküste Europas liegt. Die Einwohnerzahl beträgt etwa 67 Millionen Menschen. Die Hauptstadt heißt London, in der über 9 Millionen Menschen leben. Aber in Wirklichkeit ist es ein bisschen komplizierter. Die wirklichen Namen lauten Großbritannien und Vereinigtes Königreich und liegen auf mehreren nahe beieinander liegenden Inseln.

Die Briten leben auf der größten Insel. Aber es leben auch Schotten, Waliser und Iren dort. Auch viele Schwarze haben sich angesiedelt. Lange Zeit, bis zur ersten Hälfte des 19. Jahrhunderts, war Großbritannien eine Großmacht, ein Imperium, das nicht nur viele Meere beherrschte („Rule Britannia, rule the waves", wie es in dem Lied heißt), sondern auch viele andere Länder auf der Welt. Australien zum Beispiel, Indien, Teile des Nahen Ostens und Afrikas. Aber nach dem Zweiten Weltkrieg (der 1945 endete) hat Großbritannien diese Länder frei gehen lassen.

In Großbritannien wird Englisch gesprochen. Diese Sprache ist auch für die ganze Welt das wichtigste Kommunikationsmittel für Wirtschaft, Politik und Kultur. Auch wird diese Sprache von vielen anderen zu fast allem benutzt.

London ist mehr als nur die Hauptstadt Englands. Es ist eines der wichtigsten kulturellen, politischen und wirtschaftlichen Zentren der Welt. London ist vielleicht am bekanntesten, wenn es um Literatur geht – Romane, Theater, aber auch Gesang und Musik. Wer kennt nicht die Stücke von Shakespeare, die Beatles, englische Königinnen, Prinzen und Prinzessinnen, Agatha Christie, Fernsehserien, Fußball – und die Märchen von zum Beispiel Winnie Puuh, Alice im Wunderland und Robin Hood?

In diesem Buch werfen wir einen genauen Blick in ein besonderes Haus in London, das der Sage und der Geschichte gewidmet ist, und auch auf einen englischen Fußballer...

Bla bla – oder ernst gemeint?

„Indien war die größte und reichste Kolonie. Sogar mit Elefanten", erklärte Papa eifrig und zeigte auf zwei riesige Elefanten, die in einer Ecke standen und ihre Rüssel in die Luft streckten.

„ ...wurde sogar 'Juwel der Krone' genannt", fügte Mama aufgeregt und mit glitzernden Augen hinzu.

„Ich habe gehört", sagte ich, "dass die Engländer auf den Elefanten ritten – und so viele Tiger erlegten..."

Mein Papa antwortete nicht; er legte mir nur eine beruhigende Hand auf die rechte Schulter.

Ich beschloss, den Briten zu verzeihen, allein schon wegen dieses schönen Museums. Wir verbrachten fünf Stunden dort. Papa behauptete später, es seien nur zwei gewesen.

Wir hätten dort aber auch die doppelte Zeit verbringen können. Es war nicht eine einzige Sekunde langweilig. Und – einer der Aufseher klärte uns auf, dass es in den Kellern darunter noch dreimal so viel zu sehen gäbe, genauso spannend. Wenn wir zufällig Lust dazu hätten ...

Wir schauten auch in den London Tower. Es ist ein sehr alter Ort, mitten in der Stadt. Der Tower bedeutet natürlich Turm. Aber es geht nicht nur um einen einzelnen Turm. Auch wenn dieses besondere Gebäude das bekannteste ist. Um ihn herum stehen auch viele kleinere Häuser.

 Der Tower sieht aus wie eine ganz normale Burg. Aber eine, in der im Laufe der Zeit viel passiert ist. Menschen haben sich dort niedergelassen - einige wurden sogar hingerichtet! Sowohl adlige Männer und Frauen als auch ganz normale Menschen...

Papa und ich wollten auch einen Blick auf die Beefeaters werfen, die in der Turmburg wohnen. Diese Männer, also die königliche Leibwache, haben jahrhundertelang das Leben der königlichen Familie bewacht. Die Beefeaters hatten dort immer ihr Quartier.

Und was hat es mit ihrem lustigen Namen auf sich? Dieser Spitzname soll von dem weit verbreiteten Glauben herrühren, dass diese Männer immer besonders groß und stark waren. Die Leute nahmen an, dass die Wächter wegen des ganzen Fleisches – Rindfleisch – das sie verschlangen, so stark geworden sind... Nun, kann ja sein. Aber ich selbst bevorzuge Fish and Chips, wenn ich London besuche.

Und – zum Nachtisch ein paar leckere Pfirsiche, gekauft bei „The London Streets Extra Juicy Fruit Salesmen Guys Ltd". Aber aufgepasst! Diese Früchte können echt überteuert sein! Doch dazu später mehr!

Annika und Mama zogen es stattdessen vor, die schönen Räume – man kann sie auch Kammern nennen – im Tower zu besichtigen. Und genau dort, weißt du, wurden früher eine Menge Leute aus der High Society als Gefangene eingesperrt. Leute, die der herrschende König besonders kontrollieren wollte, damit sie keinen Aufstand anzetteln oder sonst etwas, was dem König missfallen könnte. Das ging sogar so weit, dass einige dieser Leute geköpft wurden.

In diesen Kammern haben auch, über längere oder kürzere Zeiten, königliche Personen gelebt. Zum Beispiel die erste Königin Elisabeth.

Doch Achtung, jetzt passiert etwas!

Genau in dem Moment, in dem Annika eines dieser Gemächer betrat, fiel ihr Blick auf das Bild eines jungen Mädchens in ihrem Alter. Mit blonden Haaren, roten Lippen und gekleidet in ein gelbes Gewand. Dieses Kleid fand Annika besonders schön und edel. Kleine Rubine, andere Edelsteine und Goldfäden schimmerten von überall her. Zu viel? Ja, das kannst du laut sagen! Aber Annika...

Während Mama, ohne sich etwas davon anmerken zu lassen, in die nächste Kammer weiterging, blieb Annika stehen. Das Mädchen sah fast genauso aus wie sie selbst. Ein bisschen wie ein Engel, dachte meine Schwester.

Auf einer Tafel unter dem Bild las Annika, dass das, was sie sich gerade mit großem Interesse ansah, ein Porträt von Königin Elisabeth I. als junges Mädchen war. In diesen Gemächern lebte die Königin tatsächlich allein, als sie nicht älter als 8-10 Jahre war, verkündete der Text.

Das Mädchen kann nicht besonders glücklich gewesen sein, könnte man meinen. Denn drei Jahre zuvor war ihre Mutter - sie hieß Ann Boleyn -- brutal ermordet worden.

Der Mann, der Ann Boleyn den Kopf abschlagen ließ, war Elisabeths eigener Vater. Er war König und hieß Heinrich VIII., der Achte. Er hatte den Verdacht, dass seine Königin ihn betrog; dass sie mit einem anderen Mann fremdgegangen war. Wahrscheinlich stimmte das nicht.

Schrecklich, dachte Annika und schluckte.

„Niemand konnte wirklich glauben, dass das kleine Mädchen Elisabeth bei einer solchen

Mutter eine Chance haben würde, etwas zu werden. Deshalb wurde sie an diesem Ort versteckt", fuhr die Infotafel fort. „Aber nach einiger Zeit gelang es ihr doch, Königin zu werden. Und sogar die beste Regentin, die England je hatte!"

Taffes Mädchen, sagte Annika zu sich selbst, als sie das Bild betrachtete. So wäre ich selberselbst gerne!

Das war's dann auch schon. Aber du wirst sehen, es wird noch mehr von Annika folgen...

Nicht lange danach, vielleicht am Nachmittag des nächsten Tages, schlenderte unsere Familie Jespersson müde durch das Viertel der Camdener und der alten Pferdeställe - ich spreche von Londons berühmtem Flohmarkt.

Annika hatte dann wie immer zufällig einen eigenen Weg gefunden. Natürlich entfernte sie sich schnell vom Rest der Familie. Aber wohin? Und wie? In welchen Gassen dieses riesigen Labyrinths? Ich weiß es nicht. Ich würde sagen, siesagen, hatsie hat sich verlaufen.

Schon nach etwa 50 Metern war Annika überwältigt. Sie befand sich in der aufregendsten Umgebung, die sie je gesehen hatte! (Eigentlich hatte sie noch nicht so viele aufregende Umgebungen besucht, aber trotzdem...)

Überall, auf allen Tischen, waren Dinge ausgebreitet. Sie hingen von den Decken herab oder lagen auf dem Boden. Die in Wirklichkeit nicht einmal Böden waren, sondern nur Rinnsteine oder die Straße selbst.

Alles sah super aus! Auch wenn die Sachen gebraucht waren, aus zweiter Hand. Denn das konnte man sehen. Die Gegenstände glitzerten aufregend und geheimnisvoll.

Von allem war etwas ausgestellt. In allen Farben, Größen und möglichen Sorten. Von den kleinsten Spielzeugen und Puppen, Bücherstapeln, über Eimer gefüllt mit allen erdenklichen Knöpfen, bis hin zu den mächtigsten Metallteilen.

Es blinkte und duftete stark aus allen Richtungen. Bunte Lampen glitzerten und bewegten sich langsam im Wind.

Annika wünschte sich, sie könnte von diesen Tausenden von Dingen, die sie sah, eine Menge kaufen. Sie träumte vor sich hin, während sie weiter durch die Gassen schritt. Mit ihren Händen und Schultern berührte sie sanft die dünnen Wände der Zelte und Decken, die alle ihre Richtung zu ändern schienen, auch die von Annika.

Bald merkte sie, dass sie sich verirrt hatte. Sie wusste überhaupt nicht mehr, wo sie war. Und noch weniger, wo sich ihre geliebte Familie befand.

Pah! Aber das störte sie nicht im Geringsten. Zumindest jetzt noch nicht.

Auf diesem Markt gibt es besonders viel Kleidung zu kaufen. Und das meiste davon ist Annika eindeutig zu groß. Aber sie wollte unbedingt etwas für sich selbst kaufen. Gleichzeitig wusste sie, dass es dumm ist, etwas zu kaufen, das nicht passt. Aber plötzlich wurde sie trotzdem fündig!

Die faszinierendsten Kleider!

Im Vorbeigehen bemerkte meine Schwester drei kleine Kleider, die über eine alte Holztruhe geworfen waren. Hastig trat sie in das Zelt und ging zu den Kleidungsstücken. Sie betrachtete und befühlte sie und hielt dabei fast den Atem an. Oh, wie schön sie waren!

Der Verkäufer, ein großer Mann mit schwarzem Bart, mit einem freundlichen, aber etwas verschlagenen Blick, kam mit einem breiten Lächeln auf sie zu.

„Welche jungen Mädchen sind denn damals in diesen Kleidern herumgelaufen?", fragte Annika den Mann.

„Echte Prinzessinnen, natürlich", antwortete der Verkäufer. „Alle Kleider sind echt, das kann ich dir versichern, junge Dame. Sie kommen sogar direkt aus dem Königshaus, der königlichen Familie.

Diese Kleider und einige andere, die ich auch aufbewahre, sind mindestens 250 Jahre alt", fuhr der Verkäufer fort.

"Einst müssen diese hübschen kleinen Gewänder von einem Diener oder jemand anderem aus dem königlichen Schloss, dem Buckingham Palace, herausgeschmuggelt worden sein. Nein, höchstwahrscheinlich von einem diebischen Kammerdiener – mit all den Rubinen, die noch dran sind!", platzte der große, piratenähnliche Mann stolz heraus. „Diese schönen Kleider wurden glücklicherweise für die Nachwelt aufbewahrt. Von mir, diesem Gentleman, der direkt vor dir steht!"

Annika war schon ganz verliebt in die Kleider. Sie war bereit, fast alles zu bezahlen, um eines zu bekommen.

Aber sie war klug genug, es nicht zu zeigen. Stattdessen wollte sie es mit Feilschen probieren! Also warf sie einen Blick auf die Kleider, zeigte auf eines und sagte,

„Das Gelbe ist sicher das hässlichste!" und guckte dabei so angewidert wie möglich. „Selbst wenn Sie mich bezahlen würden, würde ich es nicht nehmen!"

(Das ist meine Schwester, immer auf der Suche nach Ärger!)

Aber merkwürdigerweise nahm der bärtige Verkäufer Annikas Desinteresse ernst. Den Kopf und die Schultern gesenkt und mit traurigem Blick antwortete er,

„Ja, du hast recht, Mädchen. Richtig hässlich ist das! Ich will es hier nicht mehr haben! Bitte schaffe es mir aus den Augen. Für nur ein einziges Pfund Sterling, pro Stück... Oder, wenn du sie alle mit Euro bezahlen willst, vier für alle!"

Annika hatte nicht mehr als 80 Pence in ihren Taschen. Trotzdem bekam sie das gelbe Kleid für diesen Preis. Die anderen beiden lehnte sie ab. Mit einem Pokerface, aber innerlich überglücklich, verließ sie schnell das Zelt mit seinen alten, staubigen Waren.

Wenige Augenblicke später lief sie uns, den übrigen Jesperssons, direkt in die Arme. Wir hatten sie schon mindestens eine Stunde lang gesucht.

„Wo warst du denn?", fragte Mama jammervoll.

Ich war so grausam, zu fragen, ob sie wieder einmal in irgendein Bett gefallen und eingeschlafen sei, oder ähnliches. Aber Papa freute sich aus irgendeinem Grund; er gratulierte meiner Schwester, dass sie einen solchen „historischen Sieg" errungen hatte...

Am Abend saß Annika auf ihrem Bett im Hotelzimmer und schaute wieder voller Liebe auf ihr neues Kleid.

Und dann – was passierte, was glaubst du? Sie träumte sich zurück, in die Gemächer des Turms. Und traf das Kind, also die zukünftige Königin Elisabeth wieder!

Es war Juni, im Jahr 1541.

„Mir geht es wirklich nicht so gut, Annick", jammerte das junge Mädchen, das nicht weit von der rechten Bildecke entfernt saß. „Oft ist es furchtbar kalt hier drin. Ich spüre die Nässe hinter den Tapeten. Wenn ich Königin bin, werde ich das ganze Land umgestalten. Ja, das werde ich, meine Liebe. Heutzutage sind die Leute auch zu böse. In meinem zukünftigen England muss alles schön und gemütlich sein!"

Elisabeth trug zufällig genau das Gewand, das Annika in Camden Town gekauft hat.

Das Mädchen plauderte weiter darüber, dass es immer so unangenehm sei, Kleider wie dieses tragen zu müssen.

Manchmal, meinte sie, seien sie nicht einmal neu, wenn sie sie bekam. Stattdessen habe sie sie von einer älteren Schwester oder einer alten Tante geerbt.

Sie fuhr fort und meinte, dass sie viel lieber modernere und schönere Kleidung tragen würde.

Zum Beispiel eine sportliche schwarze Felljacke und passende Stiefel. Oder ganz auf jede Robe verzichten zu dürfen. Sie würde stattdessen lieber eine lange blaue Hose anziehen, am besten in enger Form.

„Findest du nicht, Annick? Das ist die Art von Kleidung, die sowohl zum Reiten als auch zum Herumrennen im Gras geeignet ist." Die künftige Königin blinzelte einen Moment lang, dann fuhr sie fort,

„Und dunkle Brillen mit Spiegelglas, wenn ich bitten darf! Mit Bügeln aus Gold! Damit man mir nicht die ganze Zeit tief in die Augen schauen kann!"

Annika hatte zufällig eine Brille mit rosa, nicht goldenen Bügeln dabei. Sie überreichte sie der Kinderkönigin gerne. Im Gegenzug zog die künftige Königin ihr Kleid aus und übergab es feierlich meiner Schwester Annika.

Papa meinte einige Zeit später, dass Länder wie Großbritannien, Schweden und so, von Ministern oder Präsidenten regiert werden sollten, die vom Volk gewählt werden. Aber das finden wir nicht, „Annick" und ich. Wir mögen Königinnen, Könige, Prinzen und Prinzessinnen sehr!

Übrigens – ich, also Jesper, bin bei unseren Familienausflügen auch gerne alleineallein unterwegs. Natürlich mag ich Mama und Papa. Aber ich erlebe spannendere Dinge, wenn ich sozusagen „allein auf der Jagd" bin.

Was ich sagen will: Es ist absolut nicht dasselbe, wenn ich einen kleinen Ausflug mache, wie wenn Annika unterwegs ist.

Ich lungere nie wie sie herum, ohne nachzudenken. Ich entferne mich nie von meinen Eltern und meiner Schwester, oder verlaufe mich in kürzester Zeit. Ich wurde nie in irgendeinem Polizeirevier eingesperrt, vom wütenden Papa gerettet, oder, noch schlimmer, nach Hause nach Schweden geschickt. Nein, nie!

Nein, ich bin immer sehr vorsichtig, wenn wir in großen Städten unterwegs sind.

Ich weiß auch, dass es nicht ungefährlich ist, sich zu verlaufen. Mich mit unbekannten erwachsenen Personen zu unterhalten… würde ich nie tun!

Wenn mir irgendein Typ zu nahe kommt, bin ich sofort bereit, abzuhauen. Nur schnellstens weg! Anstatt mich in etwas verwickeln zu lassen, mit dem ich nicht umgehen kann.

Doch eines Nachmittags passierte das mit dem Footballer.

Wir waren mit der Familie an einem der wichtigsten Orte - „Attraktionen", wie Papa sie nannte – in London unterwegs. Nämlich Madame Tussaud's Wachsfigurenkabinett!

Madame Tussaud's

Marie Tussaud, Französin, geboren 1761, zog schon als junges Mädchen zu ihrem Onkel nach Paris. Er war sowohl Arzt als auch geschickt darin, menschliche Figuren aus Wachs zu formen. Dies brachte er ihr bei. Marie reiste an viele Orte in Frankreich, um ihre Wachsfiguren vorzuführen und auch direkt berühmte Männer und Frauen zu porträtieren. Später überquerte sie den Ärmelkanal. Sie reiste sie mit ihren Wachspuppen durch Schottland und England. Die Figuren waren so genial, dass der französische Kaiser sie zu sich rief, um in seinem Schloss Versailles zu bleiben und für ihn zu arbeiten. Doch Marie konnte nicht kommen, da sich England zu dieser Zeit im Krieg mit Frankreich befand. Stattdessen fand sie ihren eigenen Ausstellungsort. Und zwar in der Baker Street, in der auch der Detektiv und Meisterdenker Sherlock Holmes zusammen mit Dr. Watson wohnte (zumindest in den Büchern über die beiden).

Marie nannte ihr Haus Madame Tussaud's Wachsfigurenkabinett.

Es handelt sich also um eine Art Ausstellung oder Museum, in dem viele Personen und auch viele andere Gegenstände ausgestellt sind. Die Figuren sind allesamt aus Wachs gefertigt. Von menschlicher Größe oder manchmal sogar ein bisschen mehr. Und – sie sehen genau so aus wie die berühmten, gerüchteumwobenen – und manchmal schrulligen – Männer und Frauen, die in dieser Welt gelebt haben. Manche tun es heute noch – bekannt aus der Welt der Politik, des Sports, der Kunst und vielen anderen. In diesem Museum kann man nachdenklich umherstreifen und träumen. Heute gibt es auch andere Wachsfigurenkabinette auf der Welt. Aber Madame Tussaud's ist das erste gewesen und ist auf jeden Fall ein Prototyp.

Wachs ist, wie ihr wisst, eine Art Fett, und die vielen Figuren, die bei Madame Tussaud's ausgestellt sind, sind aus dem Zeug gemacht. Papa mag dieses unheimliche Museum, oder wie man es nennen soll, sehr gern. Angefüllt mit all diesen berühmten Puppen aus der ganzen Welt. Nicht nur, dass die Figuren den originalen Personen total ähnlich sind. Mama meint auch, dass sie eine herrliche Sichtweise auf die moderne Geschichte bieten. Nun ja...

An diesem Tag waren viele Hunderte Besucher da. Wie jeden Tag.

Wir waren jetzt schon seit einer Stunde im Museum.

Manchmal, wenn wir durch die einzelnen Räume und Säle schlenderten, war es vor den Puppen mit Menschenmassen fast überfüllt. Zumindest vor den bekanntesten und berühmtesten. Wie zum Beispiel... Nein, eine Aufzählung wird von mir hier nicht aufgestellt. Schaut es euch selberselbst an, wenn ihr mal in London seid und entscheidet selbst. Findet für euch heraus, welche von all diesen WachsfigurenWachsfiguren, die für euch schönsten sind.

Jedenfalls – dann ist es tatsächlich passiert.

Ich hatte mich ein wenig vom Mainstream abgewandt. Ich schaute mir schwedische Könige und Prinzessinnen an, ältere und

jüngere. Und viele Sport-Promis. Habt ihr zum Beispiel schon mal von Björn Borg gehört?

Die ganzen Wachsfiguren stehen in Gruppen, sozusagen als Team, in den großen Hallen, mit Scheinwerfern, die auf sie gerichtet sind. Das passt gut zu ihnen. Denn sie alle – sowohl die Sportler als auch die Royals, glaube ich, wünschen sich immer im Mittelpunkt zu stehen. Wenn ihr versteht, was ich meine...

Inzwischen waren um mich herum immer weniger Leute zu sehen. Das war mir gar nicht aufgefallen, als ich so vor mich hinschlenderte und all diesen fantastischen Wachsmenschen ins Gesicht schaute. Ich war irgendwie ziemlich beschäftigt gewesen.

Und – waren ein oder zwei, drei dieser Figuren – nicht ein bisschen geheimnisvoller? Die Brust einer liegenden Dame hob und senkte sich leise. Ganz offensichtlich atmete sie noch! Aus einer anderen dunklen Ecke starrte mich diese unheimliche Gestalt in einem schwarzen Mantel ganz sicher scharf an! Wenn ihr glaubt, dass mich das erschreckt hat, dann irrt ihr euch!

Doch – plötzlich – erloschen alle Scheinwerfer!

Stattdessen wurden nur ein paar winzige grau-violette Lampen an der Decke oder an den Wänden in der Nähe eingeschaltet. Ich habe dann wohl ein bisschen geflucht. Gab es einen Kurzschluss? Wo waren meine Eltern? Ich ging geradewegs auf etwas zu, das wie ein Ausgang aussah, um mich aus dem Museum zu befreien.

Ich erreichte das nächste türähnliche Ding. Ergriff es. Die Tür war verschlossen!

Dann berührte mich etwas an der Seite. Nichts Hartes und Scharfes, eher etwas Weiches.

BOOO!

Ein Mensch!? Das konnte nicht sein! Tatsächlich waren alle Menschen irgendwo verschwunden. Sowohl die Besucher als auch das Personal.

Also musste es eine der Kreaturen aus Wachs sein, das musste es sein! Aber sollte so ein Ding in der Lage sein, mich zu schubsen? Unmöglich!

Ich gebe zu, ich bekam langsam Angst. Ich eilte, so schnell ich konnte, durch das Dämmerlicht, auf etwas zu, das wieder wie eine Tür aussah. Ich hoffte auf ein „Exit-Schild", mit einem hässlichen kleinen roten Licht darüber.

Als ich die Tür erreichte, versuchte ich, den eisernen Griff zu drücken und gleichzeitig so fest zu ziehen, wie ich konnte.

Doch nichts geschah. Die Tür blieb verschlossen.

Aber dann...

„Entschuldigung", sagte eine britische Stimme hinter mir in freundlichem Tonfall. „Das ganze Haus ist jetzt am späten Nachmittag geschlossen..."

Ich drehte mich um und versuchte, etwas zu erkennen.

„Wer sind Sie? Ich muss dringend raus ... zu Mama und Papa ... und Annika!"

„David. David Beckham", sagte die Stimme.

Wie ich nach etwa 25 Sekunden feststellte, gehörte sie einem Mann mittleren Alters, der in Sportbekleidung gekleidet war. Das heißt, er trug eine kurze Hose, einen Pullover und an den Füßen Sportschuhe.

Bei dem Namen Beckham klingelte etwas bei mir. Wo hatte ich ihn schon einmal gehört?

„Hast du auch vor, hier raus zukommen ... David?" fragte ich.

„Nun ... weißt du ... es hat keinen Sinn, zu versuchen, hier herauszukommen", antwortete der Typ. „Ich habe nicht die Absicht... Tatsache ist, ich stehe den ganzen Tag allein hier drin herum.

Und, eigentlich... muss ich im Moment ein bisschen pinkeln. Aber ... um dich nicht zu langweilen ... denke ich, wir könnten eine Zeit lang ein bisschen spielen... Dribbeln, sozusagen... Oder... magst du etwa keinen Fußball, mein Junge? Und wie heißt du eigentlich?"

„Jes...sper...", stotterte ich. Und: Ob ich gerne dribbelte? Natürlich, was war das denn für eine Frage!

Jetzt verstand ich endlich, wer er war, dieser Typ. Der beste Fußballspieler aller Zeiten! Zumindest denken das die meisten Leute. Ich, übrigens auch. Ja, ich erkannte ihn jetzt!

„Könntest du mir dann bitte zeigen, David, wie du das machst ... wie du diese supergenialen Pässe nach links schießt?" fragte ich eifrig. „Die kniffligen, mit denen du immer durchbrichst! Mit denen du deine ... Gegner abhängst? Und auf die alle neidisch sind?"

Na klar, ging es mir währenddessen durch den Kopf, steht David Beckham hier, in diesem Museum. Er ist eine wichtige Persönlichkeit ... und einer der ... Spieler des Madame Tussaud's

Wachsfigurenkabinett-Teams   ...Doch, das erwies sich als völlig falsch! Bald war klar, dass der Kerl neben mir der echte David Beckham war. Aus Fleisch und Blut! Ein Fußballer, der sich mit dem vollen Einverständnis seiner (im Moment abwesenden) Ehefrau heimlich bei Madame Tussaud's einquartiert hatte. Um, wie er mir im Vertrauen erzählte, all denen zu entkommen, die versuchen, die 50 Millionen Pfund Sterling oder so in die Finger zu

bekommen, die David als Fußballer verdient hatte! Aber natürlich auch, um irgendwie das Geheimnis seines berühmten Passspiels zu lüften.

„Ja", verbeugte ich mich. „Es wäre furchtbar nett von dir, David. Ein bisschen zu dribbeln. Mir zu zeigen, wie du diesen monströs schnellen Pass nach links machst. Mit dem du alle Verteidiger überraschst!"

David Beckham rannte kurz weg. Als er zurückkam, trug er einen schwarz-weißen Fußball unter dem Arm. „Noch ein wichtiges Thema beim Fußball ist ein plötzlicher Stopp, und stattdessen den Pass fest nach hinten und nach rechts zu machen", sagte er.

David und ich haben dann angefangen, ein paar Sofas und Mahagonitische wegzuschieben, um einen größeren Spielplatz, äh Spielbereich zu bekommen. Auf der linken Seite schoben wir zwei Präsidentenpuppen und eine Admiralsfigur weg. Und nach rechts einige weltberühmte Diskus- und Speer-Sportler.

Der Ball selbst war nicht aus Wachs, sondern aus feinem alten Lederaus feinem altem Leder und mit normaler Luft vollgepumpt.

Im Halbdunkel war es für mich sehr schwierig genauschwierig genau zu erkennen, wie David seine schnellen Pässe verteilte. Aber nach einer Viertelstunde oder so dachte ich, ich hätte das meiste verstanden. Großartig!

Der einzige, dem das Ganze nicht gefiel, war dieser Admiral, der plötzlich einen harten Schuss mitten ins Gesicht bekam.

Wie schön wäre es, wenn ich die Jungs in der Schule mit meiner neuen Pass-Methode beeindrucken könnte!

David wurde irgendwann müde. Seine Kondition war anscheinend noch schlechter als meine...

„Jesper, du musst verstehen, dass es ziemlich ermüdend ist, den ganzen Tag auf diesen Museumsböden zu stehen. Es gibt nicht einmal einen einfachen Holzstuhl, auf den man sich setzen kann. In jeder Ecke steht eine alte Ikone, siehst du. Manchmal kann ich nachts für eine Weile ausruhen. Ich krieche dann in oder unter ein Bett, das gerade frei ist, weil die Puppen ausgetauscht werden..."

Ich unterbrach ihn.

„Ich brauche deine Hilfe, David. Um einen Ausgang zu finden... Willst du dann mit mir von hier fliehen?"

„Aus dem Museum rausgehen? Auf keinen Fall", antwortete das Kicker-Idol. „Nein, Jesper, ich habe vor, noch einige Zeit hier zu bleiben. Ich träume weiter – und hoffe, dass ... meine alten Fans von Manchester U vorbeikommen, die ganze Zeit lachend, schreiend - stell dir das vor!"

Es war nicht allzu schwer, sich vorzustellen, dass David Beckham ein bisschen die Unwahrheit sagt, warum und wovor er sich verstecken muss.

Jedenfalls wollte ich jetzt die Frage stellen, die mir schon länger im Kopf herumschwirrte: „Die Engländer ... sind die nicht alle ziemlich hochnäsig, David? Bist du das auch?"

"Ich ...?" Der große Dribbler drehte seinen Kopf in meine Richtung und seine Augen weiteten sich, vor Erstaunen. Oder Zorn?

„Die Jungs in meiner Schule sehen das so. Es heißt, dass.das... ihr alle irgendwie arrogant seid..."

„Hey! Warum sollte ich...? Und wir Briten? Warum? Weil wir das größte Imperium der Welt regieren?", warf er mir fast wütend entgegen. „Und weil England und ich uns als die Meister im Fußball – und im Kricket - sehen? Oder weil der größte Dichter der Welt, Will Shakespeare, ein Engländer war? Übrigens ...", jetzt grinste er endlich ein wenig, „niemand spricht die Sprache so gut wie wir..."

„Richtig! Macht dich das nicht hochnäsig, zumindest ein bisschen...?"

„Nö. Soviel ich weiß, Jesper, sind die Franzosen, die Italiener, die Deutschen - ganz zu schweigen von den Amerikanern und deinen schwedischen Landsleuten nicht weniger arrogant als wir! Da hast du völlig falsche Vorstellungen..."

Plötzlich unterbrach sich David. Stattdessen nahm er meinen Ellbogen und begann, einen Ausgang aus dem Wachsfigurenkabinett zu suchen. Nach einer Minute ruckelte er an einem bestimmten Türgriff... und Erfolg! Ein weiterer Trick, den dieser Kerl wirklich gut beherrschte!

Als ich draußen war, holte ich erst mal tief Luft. Es regnete ein wenig. Nein, das war nicht ich, der bittere Tränendie bitteren Tränen vergoss, weil er nicht mehr mit dem besten Fußballer der Welt zusammen war. Die Tropfen fielen zu Boden und glitzerten unter den Straßenlaternen. Und David war auch noch irgendwie da, bei mir im Regen.

Der nächste Tag war der Anfang vom Ende der Reise der Familie Jespersson in die britische Hauptstadt. Mama sagte,

„Jetzt habe ich die Nase voll von allen Kerkern und Horrorkabinetten mit schaurigen Geistern. Ich werde nie wieder..."

Was meinte sie damit? Woher hatte sie das alles?

„Elisabeth war kein Gespenst", unterbrach ihre Tochter sie. „Sie war eine mächtige Königin! Verstehst du das denn nicht, Mama? Sie hat es geschafft, ganz allein die Spanier und ihre große Kriegsflotte daran zu hindern, England zu erobern. Außerdem konnte sie ..."

Ich, Jesper, fügte mit Nachdruck hinzu,

„David Beckham war auch nicht gerade unheimlich. Das weißt du genauso gut wie ich, Papa. Er ist der einzige Fußballkicker, der mit mir gedribbelt hat. Und zwar live!"

„Ich denke wirklich", antwortete Papa diplomatisch, „dass wir etwas zusammen machen sollten.Mama nickte. „Und zwar an der frischen Luft. Na los!"

Also – fuhren wir los, mit der verwinkelten Circle Line des alten Londoner U-Bahn-Netzes. In dem die Jesperssons übrigens ziemlich viel Zeit verbrachten. Das ist auch nötig. Diese sogenannte Tube ist nicht langweilig. Sie hat

eine ganze Menge Charme und dient auch
hervorragend als Regenschutz!

Nun kamen wir zur Speaker's Corner

Sie befindet sich im großen Hyde Park inmitten der Stadt. Als Touristenattraktion ist Speaker's Corner überhaupt nicht imposant. Stattdessen ist es nur ein einfaches Holzpodest. Eine Art größerer Hocker, ein bisschen erhöht.

Wir waren dort bei schönstem Wetter. Das ist nicht immer so in der britischen Hauptstadt. Aber jetzt schien die Sonne, das Gras auf den Wiesen des Hyde Parks war grün. Was auch bedeutete, dass eine Menge Leute – oder zumindest einige – die ganze Zeit auf dem Stuhl auf und ab kletterten, gestikulierten und redeten, was das Zeug hielt. Sie fuchtelten mit den Händen, rauften sich die Haare, schrien oft laut und richteten drohende Blicke auf die Zuhörer nach unten.

Wieso? Weshalb? Diese Redner wollen anderen ihre Meinung darüber einhämmern, wie die Dinge wirklich zu sein haben. Also, in England und besonders in London. Die Dinge sollten absolut nicht so sein, wie sie jetzt sind. Alles muss sich ändern, meinen sie. Und das meinen sie an jedem Tag in Londons Speaker's Corner. Das heißt, wenn das Wetter es zulässt und andere Leute zum Zuhören kommen.

Diese sprechenden Herren - oder Damen – sind nicht wirklich böse. Die Zuhörer da unten auch nicht. Auch wenn beide Seiten spöttisch schreien und sich manchmal sogar gegenseitig mit Gegenständen bewerfen – faulen Früchten und so. Papa nennt das „echte Demokratie".

Um das zu verstehen, muss man übrigens ziemlich gut Englisch sprechen. Wie ich.

Andererseits muss man aber auch nicht alles ganz genau verstehen. Lustig ist es trotzdem immer!

Jetzt bemerkte ich, wie dieser kleine Kerl den Hocker betrat und versuchte, die Führung zu übernehmen. Das war gar nicht so einfach. Es ist immer viel los an diesem Ort. Meistens überfüllt. Sollte er es da wagen, das Wort zu ergreifen?

Dieser Junge war kaum mehr als dreizehn Jahre alt, nur ein wenig älter als ich. Und - von oben bis unten in kupferrote Kleidung gehüllt! Ja, sogar der lustige Hut, den er trug, war rot. Genauso wie die Schuhe an seinen Füßen.

Und oh ja, er konnte wirklich sprechen!

„Hört zu, Londoner!", rief er. „Diese top-top-top-köstlichen Pfirsiche, die an den Ständen in der Oxford Street und an anderen Orten in der City verkauft werden, sind zu teuer geworden!

Ein ganzes Pfund Sterling für eine Tüte mit 5-6 Stück drin. Das ist viel zu viel! Zu viel, zu viel, zu viel! Wir sind alle gezwungen, zum Büro des Oberbürgermeisters zu marschieren – um uns lautstark zu beschweren!!!"

„Toll", meinte Mama danach. Damit meinte sie sowohl die Pfirsiche als auch den Jungen.

„Ich glaube, er ist ein Troll", erwiderte Papa. Man weiß nie, wann er einen Scherz macht. „Wahrscheinlich wurde er von der British Overmatured Peaches Salesmen Ltd. in die Speaker's Corner geschickt. Um ihr Geschäft zu verbessern!"

Dann fügte mein Vater in seiner üblichen Art des gesunden Menschenverstands hinzu,

„Speaker's Corner ist die älteste und bekannteste Freilufttribüne der Welt. Hört, hört!"

Mama war immer noch nicht zufrieden mit unserem Ausflug. Sie meinte, wir sollten uns noch weiter die Beine vertreten und nicht immer nur alles bewundern und stehen bleiben. Sie sagte,

Tower Bridge"!

Also kletterten wir bald darauf in die obere Etage eines der roten Stadtbusse und fuhren los.

Tower Bridge. Eine riesige Klappbrücke, von der man auch sagt, sie sei eine der schönsten der Welt. 244 Meter ist sie lang – das sind mehr als 1500 Yards.

Tower Bridge

Wir machten einen Spaziergang über die Themse. Manchmal blieben wir stehen und blickten auf den Fluss und die Schiffe aller Größen, die auf dem grauen, gelbgrünen Strom vorbeifuhren. Dabei schauten wir auch zu den imposanten Türmen der Brücke hinauf.

Papa sagte, er wolle da hoch, um sich die großen Dampfmaschinen im Inneren der Türme anzusehen. Früher haben sie die schwere Arbeit erledigt und die Brückentore angehoben, um die Vollmast-Segelschiffe passieren zu lassen.

Aber Mama sagte Nein dazu, definitiv nicht. Sie wollte nichts anderes, als langsam über die Brücke zu schlendern und die Lampen zu beobachten, die die Türme beleuchteten und im Wasser glitzerten. Genießen, ein echter Bürger dieser Stadt zu sein, ein Londoner.

Wenn alles mit rechten Dingen zugegangen wäre, hätte uns auch der "Smog" einholen müssen, der berühmte Londoner Erbsensuppennebel, durch den nicht einmal Sherlock Holmes hindurchsehen kann. Aber Gott sei Dank, wenn ich das so sagen darf, blieb der Smog weg. Ihn selbst, den großen Detektiv, haben wir auch nicht zu Gesicht bekommen... Leider!

Am Abend des nächsten Tages traten Mama, Papa, Annika und ich unsere Rückreise nach Schweden an. Nachdem wir eine Fahrt auf einer mächtig breiten Sightseeing-Fähre gemacht hatten, wieder entlang der Themse. Zu gegebener Zeit sahen wir uns auch eine oder zwei dieser Wachparaden an, wobei die monumental hohen Helme und das Trommeln das Beste waren.

Als Papa und Mama wieder zu Hause waren, suchten sie unter den Hunderten von Schnappschüssen, die sie gemacht hatten, fanden aber keinen einzigen, auf dem ihr geliebter JesperSohn Jesper mit David Beckham Fußball spielte. Oder eines von dem großen Moment, als die zukünftige Elisabeth I meiner Schwester „Annick" ihre Robe überreichte. Das Kleid, das ihr inzwischen kennt, mit den goldenen Streifen und den hübschen kleinen Juwelen darauf...

***